A Marijo

Le choix de Médée

une interprétation
féministe (!) du
mythe
A partager
en complicité

Villa Dutoit
25 ans [illegible]
2.9.17
Huguette

AVEC · LE · SOUTIEN
· · · · · · · · · · · DE · LA
VILLE · DE · GENÈVE

prix des Ecrivains genevois 2008

mise en pages ddt productions

éditions Samizdat 2009
ISBN 2-940188-46-7

Huguette Junod

Le choix de Médée

traduction
Mirka Skara

Sam*izdat*

Μυθολογική αναφορά

Στην ελληνική μυθολογία, η Μήδεια είναι κόρη του Αιήτη, βασιλιά της Κολχίδας και μάγισσα, όπως και η θεία της Κίρκη (εκείνη που μεταμόρφωσε τους συντρόφους του Οδυσσέα σε χοίρους). Συνδέεται με την κατάκτηση του Χρυσόμαλλου Δέρατος.

Στην αρχή του μύθου, υπάρχει ένας Έλληνας βασιλιάς, ο Αθάμας, που κάποια στιγμή βαρέθηκε τη γυναίκα του Νεφέλη, με την οποία είχε αποκτήσει ένα γιο, τον Φρίξο και μια κόρη, την Έλλη. Έδιωξε λοιπόν τη γυναίκα του για να παντρευτεί την πριγκίπισσα Ινώ. Απ' αυτό το δεύτερο γάμο γεννήθηκαν δυο γιοι : ο Λέαρχος κι ο Μελικέρτης. Η Ινώ ζήλευε τα παιδιά του συζύγου της από τον πρώτο εκείνο γάμο και, σχεδιάζοντας να τα σκοτώσει, μηχανεύτηκε το εξής : διέταξε να μαζευτούν όλοι οι σπόροι και έβαλε να τους ψήσουν στη φωτιά, προτού οι άνθρωποι τους σπείρουν στα χωράφια. Τη χρονιά εκείνη, ήταν φυσικό να μην υπάρχει σοδειά. Ο βασιλιάς έστειλε αμέσως αγγελιαφόρο στο μαντείο των Δελφών να πάρει χρησμό. Όμως η Ινώ δωροδόκησε τον απεσταλμένο του βασιλιά για να φέρει μήνυμα ψεύτικο απ' το μαντείο πως, αν δεν θυσιαζόταν ο νεαρός πρίγκιπας Φρίξος, το στάρι δεν θα φύτρωνε ποτέ πια στο βασίλειο. Ο λαός, κάτω

Le mythe

Dans la mythologie grecque, Médée est la fille d'Aeétès, roi de Colchide, et magicienne comme sa tante Circé (celle qui changea les compagnons d'Ulysse en pourceaux). Elle est liée à la conquête de la Toison d'or.

Au début de la légende, il y a un roi grec, Athamas, qui se lassa de sa femme Néphélé, avec qui il avait eu un fils, Phrixos, et une fille, Hellé. Il la répudia pour épouser la princesse Ino. De ce second mariage naquirent deux fils: Léarchos et Mélicerte. Ino, jalouse des enfants du premier lit, forma le projet de les tuer et imagina la ruse suivante: elle s'empara de tous les grains de semence et les fit griller avant que les hommes ne les répandent dans les champs. Naturellement, cette année-là, il n'y eut pas de récoltes. Le roi dépêcha alors un messager à l'oracle de Delphes mais Ino soudoya cet homme pour qu'il rapporte qu'à moins d'offrir le jeune prince Phrixos en sacrifice, le blé ne germerait plus dans le royaume. Le peuple, menacé par la famine, força le roi à céder. Le jeune prince était mené à l'autel, prêt au sacrifice, quand Hermès, pour répondre à la prière de Néphélé, envoya

απ' την απειλή του λιμού, ανάγκασε το βασιλιά να ενδώσει. Ο νεαρός πρίγκιπας οδηγήθηκε στο βωμό, έτοιμος για τη θυσία, όταν ο Ερμής, σαν απόκριση στις προσευχές της Νεφέλης, έστειλε ένα κριάρι με χρυσόμαλλο δέρμα, που έριξε στη ράχη του τον Φρίξο και την αδελφή του Έλλη και τους πήρε μακριά. Ενώ όμως διέσχιζαν το στενό που χωρίζει την Ευρώπη από την Ασία, η μικρή κόρη γλίστρησε και, πέφτοντας στη θάλασσα, πνίγηκε. Το στενό ονομάστηκε στο εξής Ελλήσποντος, θάλασσα της Έλλης (τα σημερινά Δαρδανέλλια). Ο Φρίξος έφτασε σώος και αβλαβής στην Κολχίδα, που βρίσκεται στο ανατολικό άκρο της Μαύρης Θάλασσας. Οι κάτοικοι αυτής της περιοχής ήταν βάρβαροι, όμως καλοδέχτηκαν το Φρίξο και ο βασιλιάς τους, ο Αιήτης, του 'δωσε τη μια του κόρη, τη Χαλκιόπη, για σύζυγο. Ο Φρίξος, θέλοντας να δείξει την ευγνωμοσύνη του, θυσίασε στο Δία το κριάρι που τον είχε σώσει κι έκανε δώρο στον Αιήτη το πολύτιμο χρυσόμαλλο δέρμα του.

Ο Φρίξος είχε ένα θείο, τον Αίσονα, ο οποίος, με κληρονομικό δικαίωμα, είχε γίνει βασιλιάς στην Ιωλκό (σημερινό Βόλο) της Θεσσαλίας. Όμως ο ετεροθαλής αδελφός του Πελίας είχε σφετεριστεί το θρόνο του. Ο Αίσων είχε στείλει το γιο του και νόμιμο διάδοχο του στέμματος στον Κένταυρο Χείρωνα, για προστασία αλλά και για εκπαίδευση.

Ο χρησμός είχε προβλέψει για το σφετεριστή Πελία, ότι θα πέθαινε από το χέρι κάποιου συγγενή του και ότι θα 'πρεπε να φοβάται όποιον τον πλησίαζε φορώντας ένα μόνο σανδάλι.

Αυτή η προφητεία πραγματώθηκε όταν ο Ιάσων, μόλις ενηλικιώθηκε, επέστρεψε στην Ιωλκό, για να διεκδικήσει την κληρονομιά του : καθ' οδόν, είχε χάσει το ένα σανδάλι του, προσπαθώντας να βοηθήσει μια ηλικιωμένη να διασχίσει το ποτάμι. Στην πραγματικότητα επρόκειτο για τη θεά Ήρα

un bélier à la toison d'or qui saisit Phrixos et sa sœur Hellé et les emporta sur son dos à travers l'espace. Mais tandis qu'ils traversaient le détroit qui sépare l'Europe de l'Asie, la fillette glissa, tomba dans la mer et s'y noya. Le détroit s'appela désormais Hellespont, la mer d'Hellé (actuellement les Dardanelles). Phrixos aborda sain et sauf en Colchide, à l'extrémité orientale de la mer Noire. Les habitants de cette région étaient sauvages mais ils firent bon accueil à Phrixos et leur roi, Aeétès, lui donna une de ses filles en mariage, Chalciopé. Phrixos, en témoignage de gratitude, sacrifia à Zeus le bélier qui l'avait sauvé et fit présent de la précieuse Toison d'or à Aeétès.

Phrixos avait un oncle, Aeson, qui, par droit de naissance, était roi d'Iolcos (actuellement Volos) en Thessalie. Mais il s'était vu dépouillé de son royaume par son neveu Pélias. Jason, fils du roi et héritier légitime de la couronne, avait été mis à l'abri chez le centaure Chiron, qui s'occupa de son éducation.

L'oracle avait prédit à Pélias, l'usurpateur, qu'il mourrait de la main d'un de ses proches et qu'il devait se défier de quiconque se présenterait devant lui chaussé d'une seule sandale.

Cette prophétie se réalisa lorsque Jason, devenu adulte, revint à Iolcos réclamer son héritage : il avait perdu une sandale en aidant une vieille femme à traverser le fleuve, en fait la déesse Héra (femme de Zeus), déguisée. Pélias promit de lui rendre son trône à condition qu'il retrouve d'abord

(σύζυγο του Δία), μεταμφιεσμένη. Ο Πελίας υποσχέθηκε στον Ιάσονα να του δώσει πίσω το θρόνο του, υπό τον όρο ότι εκείνος θα εύρισκε για λογαριασμό του το Χρυσόμαλλο Δέρας, που το φύλασσε ένας ακοίμητος δράκος. Η απαίτηση αυτή δεν φαινόταν δυνατόν να πραγματωθεί και ο Πελίας ήταν βέβαιος πως έτσι θ' απαλλασσόταν από τον αντίπαλό του.

Ωστόσο, η ιδέα μιας τέτοιας περιπέτειας γοήτευσε τον Ιάσονα. Διέδωσε στον περίγυρό του την είδηση αυτής της ενθουσιαστικής εκστρατείας και οι νέοι της Ελλάδας την υποδέχτηκαν με χαρά. Οι καλύτεροι προσφέρθηκαν να συμμετάσχουν. Ανάμεσά τους ήταν ο Ηρακλής, ο Ορφέας, ο Πηλέας, πατέρας του Αχιλλέα, οι Κάστωρ και Πολυδεύκης, ο Αυγείας, ο Άργος, που κατασκεύασε το πλοίο της εκστρατείας. Η Ήρα βοηθώντας τον Ιάσονα, δημιούργησε στον καθένα τους την επιθυμία να απαρνηθεί μια ήσυχη ζωή χωρίς κινδύνους και να πιει το ελιξήριο του θάρρους και όλοι μαζί επιβιβάστηκαν στην Αργώ. Σοβαροί κίνδυνοι περίμεναν τους ήρωες και αρκετοί πλήρωσαν με τη ζωή τους τη λαχτάρα τους για περιπέτεια. Καθώς περνούσαν κοντά απ' τον Καύκασο, ξεχώρισαν τον Προμηθέα πάνω στο βράχο του και άκουσαν το χτύπημα των φτερών του αητού, που ορμούσε να κατασπαράξει τα σωθικά του. Το δειλινό, έφτασαν στην Κολχίδα.

Στον Όλυμπο, γινόταν συζητήσεις για λογαριασμό τους. Η Ήρα, συγκινημένη από τους κινδύνους που διέτρεχαν, ζήτησε τη βοήθεια της Αφροδίτης. Η θεά του Έρωτα ξαφνιάστηκε από την κίνηση αυτή της Ήρας, θεάς της εστίας, γιατί δεν συγκαταλεγόταν ανάμεσα στις φίλες της. Το γεγονός, όμως, ότι η βασίλισσα του Ολύμπου την παρακαλούσε να την συντρέξει, εντυπωσίασε την Αφροδίτη και υποσχέθηκε να κάνει ό, τι περνούσε από το χέρι της. Έπεισε τον Έρωτα να κάνει τη

la Toison d'or, gardée par un dragon qui ne dormait jamais. L'exigence semblait donc impossible à réaliser et Pélias était certain de s'être débarrassé de son rival.

Cependant, l'idée de cette aventure enchanta Jason. Il fit répandre à la ronde l'annonce de cette exaltante expédition et les jeunes gens de la Grèce l'accueillirent avec joie. Ils vinrent, parmi les meilleurs et les plus nobles, s'offrir à y participer. Parmi eux se trouvaient Héraclès, Orphée, Pélée, père d'Achille, Castor et Pollux, Augias, Argos, qui construisit le navire. Héra aidait Jason, elle fit naître en chacun d'eux le désir de renoncer à une vie sans péril pour boire l'élixir du courage et ils montèrent à bord de l'Argo.

De grands périls attendaient les héros et plusieurs payèrent de leur vie leur désir d'aventure. Comme ils passaient près du Caucase, ils aperçurent Prométhée sur son roc et entendirent le battement d'ailes de l'aigle qui se précipitait à son sanglant festin. Au crépuscule, ils atteignirent la Colchide.

Dans l'Olympe, on délibérait à leur sujet. Héra, émue du danger qu'ils couraient, était allée demander l'aide d'Aphrodite. La déesse de l'Amour s'étonna de cette démarche car Héra, déesse du foyer, n'était pas de ses amies. Mais le fait que la reine de l'Olympe implorât son concours l'impressionna et elle promit de faire tout ce qui était en son pouvoir. Elle persuada Cupidon de rendre Médée, fille du roi, amoureuse de Jason.

Le roi Aeétès se déclara prêt à donner la Toison si Jason réalisait quelques exploits apparemment impossibles. Il

Μήδεια, κόρη του βασιλιά, να ερωτευθεί τον Ιάσονα.

Ο βασιλιάς Αιήτης δήλωσε ότι θα δώσει το χρυσό τομάρι στον Ιάσονα, αν εκείνος πραγματοποιούσε κάποια, πολύ δύσκολα, κατορθώματα. Έπρεπε να ζέψει σ' ένα άροτρο δυο ταύρους με χάλκινες οπλές, που έβγαζαν φωτιά απ' τα ρουθούνια, να οργώσει ένα χωράφι και να το σπείρει με τα δόντια του δράκοντα του Κάδμου : από τα δόντια θα φύτρωναν πολεμιστές που θα εξόντωναν τον Ιάσονα.

Την επαύριο, χάρις στις μαγικές δυνάμεις της Μήδειας, ο Ιάσων έφερε σε πέρας όλες αυτές τις δοκιμασίες. Ύστερα, η Μήδεια του έδωσε τη δυνατότητα να πάρει στα χέρια του τη χρυσή προβιά, σκοτώνοντας το δράκο που τη φύλασσε. Βοήθησε τους Αργοναύτες να γλιτώσουν από τον πατέρα της. Ο Ιάσων και οι Αργοναύτες επέστρεψαν στην Ιωλκό, μαζί με τη Μήδεια, φέρνοντας μαζί τους το Χρυσόμαλλο Δέρας.

Στο μεταξύ, ο Πελίας είχε αναγκάσει τον Αίσονα ν' αυτοκτονήσει. Η Μήδεια, θέλοντας να εκδικηθεί το θάνατο του πατέρα του Ιάσονα, έπεισε τις κόρες του Πελία να τον βράσουν σ' ένα καζάνι, με πρόσχημα να τον αναζωογονήσουν, όπως το έκανε η ίδια μπροστά τους μ' ένα κριάρι. Μετά το θάνατο του Πελία, ο Ιάσων και η Μήδεια εκδιώχθηκαν από την Ιωλκό και κατέφυγαν στην Κόρινθο, όπου έζησαν ευτυχισμένοι για δέκα χρόνια με τα δυο τους παιδιά, Φέρητα και Μέρμερο, Όμως ο Ιάσων, διψώντας για εξουσία, παραμερίζει τη Μήδεια και αρραβωνιάζεται τη Γλαύκη, κόρη του βασιλιά, η οποία αποφασίζει να εξορίσει τη Μήδεια και τα παιδιά της. Η τύχη που της προόριζε ήταν χειρότερη κι απ' το θάνατο : εξόριστη, έχοντας στην ευθύνη της δυο παιδιά, δεν θα μπορούσε να περιμένει βοήθεια και προστασία από κανένα.

Η Μήδεια, τρελαμένη από τον πόνο, στέλνει στη Γλαύκη ένα χιτώνα που τον είχε εμποτίσει με δηλητήριο. Μόλις

devait atteler à une charrue deux taureaux aux sabots d'airain et dont les naseaux soufflaient le feu, labourer un champ et le semer avec les dents du dragon de Cadmos : de ses dents surgiraient des hommes armés qui attaqueraient Jason.

Le lendemain, grâce aux pouvoirs magiques de Médée, Jason surmonta toutes ces épreuves. Puis elle lui permit d'emporter la Toison en tuant le dragon qui la gardait. Elle aida les Argonautes à échapper à son père. Jason, Médée et les Argonautes revinrent à Iolcos avec la Toison d'or.

Mais entre-temps, Pélias avait poussé Aeson au suicide. Médée veut venger le père de Jason, persuadant ses filles de le faire bouillir dans un chaudron sous prétexte de le rajeunir, comme elle l'a fait devant elles avec un bélier. Après la mort de Pélias, Jason et Médée sont chassés d'Iolcos et se réfugient à Corinthe, où ils vivent heureux pendant dix ans avec leurs deux enfants, Médéios, le fils, et Eriopis, la fille. Mais Jason, par soif de pouvoir, se fiance à Glaucé, fille du roi, qui décide d'exiler Médée et ses enfants.

Médée, folle de douleur, fait remettre à Glaucé une robe qu'elle a empoisonnée. Un feu violent se répand instantanément dans les veines de la jeune fille, qui tombe raide morte. Puis Médée prend une résolution atroce : afin que ses enfants ne tombent pas dans l'esclavage, elle les tue de ses propres mains.

Quand Jason revient, rempli de fureur et résolu à tuer sa femme, les deux enfants gisent, morts, et Médée monte dans un char attelé par des chevaux ailés, cadeau du Soleil, son aïeul, qui l'emporte au loin. Brisé, Jason ne sera jamais plus ce qu'il avait été.

εκείνη τον φορά, άγρια φωτιά ξεπετιέται απ' τις φλέβες της και πέφτει νεκρή. Ύστερα, η Μήδεια παίρνει μια φρικτή απόφαση : για να μην πέσουν τα παιδιά της στη σκλαβιά, τα σκοτώνει με τα ίδια της τα χέρια.

Όταν επιστρέφει ο Ιάσων, οργισμένος και αποφασισμένος να σκοτώσει τη Μήδεια, τα δυο παιδιά κείτονται νεκρά και η Μήδεια ανεβαίνει σ' ένα άρμα που το οδηγούσαν φτερωτά άλογα, δώρο του προγόνου της του Ήλιου, και που την παίρνει μακριά. Ο Ιάσων είναι συντετριμμένος και δεν θα ξαναγίνει ποτέ πια αυτό που ήταν.

Πηγές

GRIMAL Pierre, Λεξικό της μυθολογίας, PUF, Παρίσι, 1951.
HAMILTON Edith, Η Μυθολογία, οι θεοί της, οι ήρωές της, οι μύθοι της. Εκδ. Marabout Université, 1940 (πρωτότυπος τίτλος : *Mythology*, μετάφραση από τα αγγλικά του Abeth de Beughem).
HOWATSON M. C., Λεξικό της αρχαιότητας, Πανεπιστήμιο της Οξφόρδης, Εκδ. Bouquins, Robert Laffont, 1989.

Σχόλιο

Η παράδοση θέλει τη Μήδεια ένα τέρας. Άλλωστε ο Ευριπίδης είναι αυτός που εισάγει την παιδοκτονία (το 431 π.Χ.)· πριν από τη Μήδειά του, τα παιδιά τα είχαν σκοτώσει οι Κορίνθιοι. Εκείνη την εποχή, μια γυναίκα μόνη, με δυο παιδιά, δεν μπορούσε να επιζήσει. Επί πλέον, η Μήδεια ήταν μια ξένη. Η εξορία βάραινε χειρότερα κι απ' το θάνατο.

Sources

GRIMAL Pierre, *Dictionnaire de la mythologie*, PUF, Paris, 1951.
HAMILTON Edith, *La Mythologie, ses dieux, ses héros, ses légendes*, Ed. Marabout Université, 1940 (titre original : *Mythology*, traduit de l'anglais par Abeth de Beughem).
HOWATSON M. C., sous la direction de, *Dictionnaire de l'antiquité*, Université d'Oxford, Ed. Bouquins, Robert Laffont, 1989.

Commentaire

La tradition a fait de Médée un monstre. C'est d'ailleurs Euripide qui introduisit l'infanticide (en 431 avant J-C); avant, les enfants étaient tués par les Corinthiens. En ce temps-là, une femme seule avec deux enfants ne pouvait pas survivre, de surcroît, Médée était étrangère. L'exil était pire que la mort.

Κατά την άποψή μου, η Μήδεια ενσαρκώνει τη μοίρα όλων των εγκαταλειμμένων γυναικών, για τις οποίες δεν απόμενε άλλη λύση από την αυτοκτονία, την εγκατάλειψη ή την παιδοκτονία. Αυτή η μακρά σφαγή των αθώων δεν είναι άλλο από την κρυφή ιστορία των γυναικών. Στην πραγματικότητα, η ιστορία της ανθρωπότητας διαμορφώθηκε στα πρόσωπα των παιδιών. Η αναγνώριση της καταγωγής δεν ήταν δυνατή παρά μόνο υπό ορισμένες συνθήκες, που ποικίλλουν ανάλογα προς την εποχή, τον τόπο ή τον πολιτισμό. Όμως η ρήξη μιας συμφωνίας, η εγκατάλειψη της εγκύου ή της μητέρας από τον άνδρα, οδηγούσε στον αποκλεισμό της, στην αδυναμία να δώσει ζωή ή να την προστατεύσει. Ετσι, άστεγη, δίχως πόρους, δίχως υπόληψη, η γυναίκα βρισκόταν σε απόλυτη αδυναμία ν' αναθρέψει τα παιδιά της. Έπρεπε λοιπόν να τα σκοτώσει, μέσα της ή έξω απ' αυτήν. Εκείνη όμως έκριναν, φυλάκιζαν, εκτελούσαν, κι ας ήταν αυτή η ίδια απορριμένη, αποκλεισμένη, οδηγημένη στην απελπισία. Τον πατέρα που εγκατέλειπε την οικογένειά του δεν τον δίωκαν.

Στην αρχαία Ελλάδα, ο αρχηγός του οίκου είχε κάθε δικαίωμα στην οικογένειά του· ήταν ο κύριος (αφέντης) κι εκείνος αποφάσιζε αν θα αναγνώριζε ένα τέκνο (ανατροφή) ή αν θα το εγκατέλειπε (έκθεση). Το βρέφος αφηνόταν τότε έξω από το σπίτι, προσφορά σε όποιον θα 'θελε να το πάρει. Τις περισσότερες φορές, το βρέφος πέθαινε. Το ίδιο συνέβαινε και με τον pater familiae των ρωμαϊκών χρόνων.

Médée incarne à mes yeux le destin de toutes les femmes abandonnées pour lesquelles il ne restait pas d'autre solution que le suicide, l'abandon ou l'infanticide. Ce long massacre des innocents est l'histoire souterraine des femmes. En fait, l'histoire de l'humanité s'est jouée sur la tête des enfants. La descendance n'était possible qu'à certaines conditions, qui varient d'une époque, d'un lieu, d'une civilisation à l'autre. Mais la rupture du contrat, l'abandon par l'homme de la femme enceinte ou de la mère, conduisait à l'exclusion, à l'impossibilité de donner la vie ou de la protéger. Ainsi démunie de toit, de ressources, de considération, la femme se trouvait dans l'absolue impossibilité d'élever ses enfants. Il devenait donc nécessaire de les tuer, en elle ou en dehors d'elle. Mais répudiée, exclue, conduite au désespoir, c'est elle qu'on jugeait, emprisonnait, exécutait. Le père qui abandonnait les siens n'était pas poursuivi.

J'ai intentionnellement abandonné le premier crime de Médée: le meurtre de son frère quand elle est poursuivie par son père, afin de rendre plus crédible mon interprétation.

Dans la Grèce antique, le chef de l'oikos possédait tous les droits sur sa famille ; il était le kurios (seigneur) et décidait de la reconnaissance d'un enfant (élévation) ou de son abandon (exposition). Le bébé était alors placé à l'extérieur de la maison et offert à qui voudrait bien le recueillir. Généralement, il mourait. Il en allait de même avec le pater familias romain.

Η πορεία μου

Από το 1980, επιστρέφω κάθε χρόνο στην Ελλάδα, όπου ξαναβρίσκω τις ρίζες μου και με εμπνέει. Εκεί συνθέτω σύντομα ποιήματα , ή καταπιάνομαι με κάποιο μύθο .

Κατατάσσομαι στην κατηγορία εκείνων των συγγραφέων που ασχολούνται με τους ελληνικούς μύθους, όπως η Σύλβια Πλαθ, η Κάθλιν Ρέιν, Φράνκα Ράμε, Μαρί Καρντινάλ, Κρίστα Βολφ οι οποίες ασχολήθηκαν, όλες τους, με τη Μήδεια. Η δική μου Μήδεια είναι φεμινίστρια. Πέρα απ' αυτό όμως, ο Αριστοφάνης είχε γράψει τη Λυσιστράτη το 411 π.Χ.!

(Το ποίημα είναι γραμμένο σε ανομοιοκατάληκτο εξάμετρο, που επιτρέπει μεγαλύτερη ευελιξία απ' ό, τι ο αλεξανδρινός στίχος. Όταν ο ρυθμός είναι διαφορετικός, σημαίνει μια ρήξη.)

Ma démarche

Depuis 1980, je retourne chaque année en Grèce, un pays où je retrouve mes racines et qui m'inspire. J'y écris de courts poèmes ou reprends un mythe .

Je me situe dans la lignée des écrivaines qui revisitent les mythes grecs, comme Sylvia Plath, Kathleen Raine, Franca Rame, Marie Cardinal, Christa Wolf qui, toutes, ont repris Médée. La mienne est féministe. Mais après tout, Aristophane avait bien écrit Lysistrata en 411 avant J.-C. !

Le poème est écrit en hexasyllabes non rimés, qui permettent une plus grande souplesse que les alexandrins. Quand le rythme est différent (passant par exemple à l'octosyllabe), il traduit une rupture.

Η Κολχίδα είναι βάρβαρος τόπος,
τρέφεται με αίμα,
που ποτίζει τις μάγισσες

Κάθε μια τους και μια νύχτα
ερέβη κατακόκκινα
σωθικά συστρεμμένα
συνταγές που κοινωνούνται
απ᾽ των καιρών την αυγή

Στην Κολχίδα ο άνεμος
είναι πιο άγριος απ᾽ αλλού
η γη πιο καμμένη
Ο ήλιος είναι τόσο καφτερός
που ο χρόνος εξαερώνεται
κι ο άνεμος τόσο ισχυρός
που οι κορμοί λυγίζουν
και σέρνονται κατά γης

La Colchide est une terre sauvage
qui se nourrit de sang
où s'abreuvent les sorcières

En chacune la nuit
les ténèbres rougies
les entrailles tordues
les formules transmises
depuis la nuit des temps

En Colchide le vent
est plus violent qu'ailleurs
la terre est plus brûlée
Le soleil est si dru
que le temps s'évapore
le vent souffle si fort
que les troncs sont ployés
et rampent sur la terre

Εκεί ζούσε ένας βασιλιάς
Αιήτης το όνομά του
γιος του Ήλιου και της Ωκεανίδας Πέρσης
με τη γυναίκα του Εκάτη
τον Άψυρτο, το γιο του το μικρότερο
την κόρη του τη μάγισσα
και ιέρεια της Αρτέμιδας, τη Μήδεια

Από τη θεια της Κίρκη
κρατά το μυστικό
για ισχυρά ελιξήρια
κι έχει στα χέρια της
τη φύτρα αίματος του Προμηθέα

Θυσία αποφασίζεται
για να τιμήσουν τους θεούς
Μαζεύεται ο λαός
γι' αυτή την τελετή
Μπροστά πηγαίνει η Μήδεια
με ρούχα γιορτινά
μακριά εσθήτα κόκκινη
κοσμήματα βαριά

Υψώνει η Μήδεια το χέρι ...
Έχουν τη γνώση οι γυναίκες
για ό, τι τεκταίνεται στη φύση
Τις λένε μάγισσες ή
και καμιά φορά γητεύτρες

Là-bas vivait un roi
de son nom Aeétès
fils du Soleil et de Perséis l'Océanide
avec sa femme Hécate
son cadet Absyrtos
sa fille Médée la magicienne
prêtresse d'Artémis

De sa tante Circé
elle détient le secret
de puissants élixirs
et possède la plante
du sang de Prométhée

On règle un sacrifice
pour honorer les dieux
Le peuple est rassemblé
pour la cérémonie
que préside Médée
en habit d'apparat
sa longue robe rouge
et ses bijoux massifs

Médée lève le bras...
Les femmes sont savantes
des faits de la nature
On dit aussi sorcières
ou parfois magiciennes

Γνωρίζουν τα φυτά
και τη ζωή ζυμώνουν

Οι άνδρες τις φθονούν γι' αυτό
Θέλουν να τις παιδέψουν
να κλέψουν την ισχύ τους
να τις απαρνηθούν και να τις κάψουν
να τις πειθαναγκάσουν και να τις βιάσουν
να τους φορτώσουν την οργή τους
και την απελπισιά τους

Υψώνει η Μήδεια το χέρι ...
Μακριά στο βάθος, κουρνιαχτός
φτάνουν ο Ιάσονας κι οι σύντροφοι
στρατιά κατακτητών
που ξεπεζέψαν στην Κολχίδα
να βρουν και να κατάσχουν
το Δέρας το χρυσόμαλλο
τη δύναμη της Μήδειας
την ισχύ της Γυναίκας ...

Υψώνει η Μήδεια το χέρι ...
Είναι η άγρια δύναμη
που τη γεννά το αντάριασμα της άμμου
της γης τα αυλάκια
Η δύναμη ανεβαίνει απ' το έδαφος
όπου φυτρώνουν δέντρα
Η δύναμη φυτρώνει από το μάρμαρο
που λαξεύτηκε στο βουνό

Elles connaissent les plantes
et pétrissent la vie

Les hommes en sont jaloux
et veulent les brimer
leur ôter leur pouvoir
les nier les brûler
les forcer les violer
les charger de leur rage
et de leur désespoir

Médée lève le bras...
Au loin la terre poudroie
C'est Jason qui arrive
avec ses compagnons
armée de conquérants
venus jusqu'en Colchide
quérir la Toison d'or
le pouvoir de Médée
le pouvoir de la Femme...

Médée lève le bras...
C'est la force sauvage
qui naît des plis du sable
des sillons de la terre
La force vient du sol
où pousseront les arbres
La force vient du marbre
taillé dans la montagne

Η δύναμη πηγάζει απ᾽ τις κοιλάδες
όπου αναβλύζει το νερό και σαν το φίδι σέρνεται
Η δύναμη βγαίνει από τους καταρράκτες
τα κύματα και τις καταχνιές
Η δύναμη πέφτει απ᾽ τον ουρανό
που κάποτε αυλακώνεται
απ᾽ την οργή του Δία
Πετιέται απ᾽ τα ρουθούνια
των αλόγων που φρουμάσσουν
Πάλλεται ανάμεσα στις μύγες
κάτω απ᾽ τον ήλιο τον καυτό

Η δύναμη ζυμώνεται απ᾽ τα χέρια
και τα πόδια που σκλήρυναν
από της γης το μόχθο
Ανεβαίνει από το αμπέλι
που θνήσκει το χειμώνα
κι αναγεννιέται με την άνοιξη
Έρχεται από του μύλου τα φτερά
του σιταριού το χρώμα
και τ᾽ αλωνιού τον κύκλο
απ᾽ το κρασί με το άρωμα του πεύκου
από τον άνεμο
που σείει τα λιόδεντρα
Η δύναμη ξεχύνεται απ᾽ το θυμάρι
που ανθίζει στα μονοπάτια
και στα αστερόφωτα χωράφια
όπου ρεμβάζουν οι βοσκοί ...

Elle vient des vallées
où l'eau germe et serpente
Elle vient des cascades
des flots et des embruns
La force vient du ciel
qui se zèbre parfois
par la colère de Zeus
Elle vient des naseaux
haletants des chevaux
et vibre dans les mouches
sous le soleil de feu

La force vient des mains
et des pieds endurcis
du travail de la terre
La force vient du cep
qui se meurt en hiver
et renaît au printemps
des ailes du moulin
de la couleur du blé
des aires de battage
du vin au goût de pin
du vent qui prend racine
aux troncs des oliviers
La force vient du thym
qui borde les chemins
et des champs étoilés
qu'observent les bergers…

Υψώνει η Μήδεια το χέρι ...
Κι ο αέρας συστέλλεται
Η θάλασσα αλλοιώνει το γαλάζιο της
κι ο ουρανός συσπάται
κι ο ορίζοντας θολώνει

Υψώνει η Μήδεια το χέρι ...
Ακόμα δεν το ξέρει
η μοίρα της πως φτάνει
πάνω σε άτι ολόχρυσο
που κουβαλά τον Ιάσονα
Νιώθει τον ξένο
Αισθάνεται το αλλόκοτο
Ο χρόνος σταματά
στη χοάνη των μαστών της
Στα σωθικά της
το αίμα αργοκυλά

Η Μήδεια το χέρι χαμηλώνει ...
Ο πέλεκυς χτυπά
Ξεσχίζει η κραυγή
τον απέραντο ουρανό
Και τότε προβάλλει ο Ιάσονας
πάνω στο διάπυρο άλογό του ...

Τρύπωσε ο Ιάσονας
στο μαγικό κύκλο

Médée lève le bras...
Et l'air se rétrécit
la mer tourne ses bleus
et le ciel se convulse
et l'horizon se brouille

Médée lève le bras...
Elle ne sait pas encore
que son destin arrive
sur un cheval doré
et monté par Jason
Elle sent l'étranger
perçoit l'étrangeté
des minutes qui lèvent
au bassin de ses seins
En son ventre le sang
s'écoule lentement

Médée baisse le bras...
La hache frappe
Le cri déchire
le vaste ciel
Alors surgit Jason
sur son cheval de feu...

Jason a pénétré
dans le cercle magique

Οι οπλές του αλόγου του
σφυροκοπούν το χώμα
Μπροστά στη Μήδεια σταματά
και αψηφά το βλέμμα της ...

Δυο κόσμοι έχουν συναπαντηθεί
Εκείνη είναι κιόλας ηττημένη
Έχει κεραυνοβοληθεί
απ' του Έρωτα τα βέλη

Η Μήδεια δεν έχει πια επιλογή
Το χέρι της πέφτει ξανά
Το αίμα της πλημμυρίζει το κορμί
Ανώφελα τα μαγικά της
μπρος των θεών την πεθυμιά

Ξέρει πως πρέπει να ξεφύγει
Μέχρι θανάτου θλίβεται
Μα του έρωτα η φωτιά
τις φλέβες της πυρώνει
σαν πυρκαγιά στο δάσος
που δεν μπορεί πια να σβηστεί

Η μάγισσα έχει νικηθεί
Όλα έχουν ειπωθεί και όλα έχουν γίνει
Δίχως μια λέξη, ούτε κίνηση καμιά
Ο Ιάσονας τα νίκησε όλα
τα κέρδισε όλα και τα πήρε όλα ...

Les sabots du cheval
ont martelé la terre
Il est devant Médée
et brave son regard…

Deux mondes se rencontrent
Elle est déjà vaincue
à l'instant foudroyée
par les flèches d'Amour

Médée n'a plus le choix
son bras est retombé
son sang a reflué
Sa magie reste vaine
contre les vœux des dieux

Elle sait qu'elle devra fuir
elle est triste à mourir
mais le feu de l'amour
a enflammé ses veines
comme un feu de forêt
qu'on ne peut plus éteindre

La magicienne est terrassée
tout est dit tout est fait
Sans un mot, sans un geste
Jason a tout vaincu
obtenu, emporté…

Η μοίρα της κομποδεμένη
Ότι θυσίασε σε προσφορά
δεν θα τη σώσει
Το αίμα κοκκινίζει τις πέτρες
και άσματα αναπέμπονται

Ο Ιάσων στον πατέρα της μιλά
Το δόλιο Αιήτη
Κι αυτός του υπόσχεται
ό, τι δεν παραχωρεί
το Δέρας το Χρυσόμαλλο
δώρο του φτερωτού θεού
και προσφορά του Φρίξου

Τι λέει ; Ω Κίρκη!
Για να οργώσει ένα χωράφι ο Ιάσονας
πρέπει να ζέψει στο άροτρο
δυο ταύρους τερατώδεις
που ξεφυσούν φωτιές
Μετά να σπείρει χρειάζεται
στο αυλακωμένο χώμα
του γεροδράκοντα τα δόντια
που θα γενούν ισάριθμοι
άντρες αρματωμένοι
κι αυτούς να τους ξεκάνει ...

Σιωπή, βαθιά σιωπή ...
Το λόγο παίρνει ο Ιάσονας
Τι ; Πώς ; Τι ξεστομίζει ;

Son destin est noué
Le sacrifice offert
ne la sauvera pas
Le sang rougit les pierres
et s'élèvent les chants

Jason parle à son père
Aeétès le perfide
Aeétès lui promet
ce qu'il n'accorde pas
la belle Toison d'or
cadeau du dieu ailé
et présent de Phrixos

Que dit-il ? O Circé !
Jason doit mettre au joug
pour labourer un champ
deux taureaux monstrueux
qui vomissent des flammes
Puis il devra semer
dans les sillons tracés
les dents du vieux dragon
qui se transformeront
en autant d'hommes armés
qu'il lui faudra tuer...

Silence profond silence...
Jason prend la parole
Quoi ? Comment ? Que dit-il ?

Όχι, Ιάσονα, όχι !...
Δέχεται τη δοκιμασία

Και στο καράβι του γυρνά
μαζί με τους συντρόφους
τη νύχτα να περάσει
τη νύχτα την ατέρμονη ...

Στην κάμαρά της αποσύρεται
η Μήδεια και κλαίει
Ντρέπεται που αγάπησε ένα ξένο
και υποχώρησε στο πάθος
το πάθος που την κατακαίει ...
Αρπάζει το μικρό σεντούκι της
με βότανα θανατερά
Καλύτερα ο θάνατος παρά η προδοσία ...

Μα η ζωή τη συγκρατεί
η γλύκα των πορτοκαλιών
και της ελιάς το χρώμα
το χάδι του ήλιου στο δέρμα της ...
Δεν θέλω να πεθάνω
Μα τότε ...
Ω θεοί, τι πρέπει μου να πράξω ;
Από εμέ τι περιμένετε ;
Λύνει τα ωραία της μαλλιά
τους κρόταφους πιέζει ...
Και λέει : δεν είμαι του εαυτού μου πια
Του Ιάσονα μου πρέπει να δώσω χέρι βοήθειας
Παίρνει στα χέρια μια αλοιφή

Non, Jason, non !...
Il accepte l'épreuve

Jason retourne à son navire
avec ses compagnons
pour y passer la nuit
interminable nuit...

Retirée dans sa chambre
Médée pleure elle a honte
S'éprendre d'un étranger
céder à la passion
la passion qui la brûle...
Elle saisit sa cassette
aux herbes meurtrières
Plutôt mourir que de trahir...

Mais la vie la retient
la saveur des oranges
la couleur des olives
le soleil sur sa peau...
Je ne veux pas mourir
Mais alors...
O dieux, que dois-je faire ?
Qu'attendez-vous de moi ?
Elle défait ses cheveux
et se presse les tempes...
Je ne m'appartiens plus
il faut aider Jason
Elle possède un onguent

που άτρωτο σε κάνει
Τρέχει στο πλοίο
παι καθ' οδόν τον Ιάσονα
συναπαντά στο φωτεινό της
χάρης πέπλο τυλιγμένο

Ξεκίνησε απ' την άκρη του κόσμου
για να φτάσει σ' εκείνην
αψήφησε όλους τους κινδύνους
τον Καύκασο εδιάβηκε
Είδε τον Προμηθέα
δεμένο πα' στο βράχο του
και τον αητό που όλο διψούσε για αίμα
Εκεί μπροστά της βρίσκεται
Και στην Κολχίδα είναι κι οι δυο
όπου θ'αρχίσουν όλα ...

Εκείνος άνδρας
Κι εκείνη θηλυκό
αποκαλύπτονται ο ένας στον άλλον
Είναι η στιγμή της γέννησης
Στιγμή της γνωριμίας
Τα χέρια απλώνουν
Σε χίλιες φλόγες που ξεσπούν
Ο ένας κι ο άλλος
Ο ένας μες στον άλλο
στην αγκαλιά της πρώτης μάνας
που γέννησε τη ζωή

qui rend invulnérable
Elle court au navire
et rencontre en chemin
Jason enveloppé
dans un halo de grâce

Parti du bout du monde
pour parvenir à elle
il a bravé tous les dangers
traversé le Caucase
rencontré Prométhée
attaché sur son roc
l'aigle assoiffé de sang
Il est là devant elle
Ils sont là en Colchide
où tout va commencer...

Lui homme
Elle femme
se découvrent l'un l'autre
Instant de la naissance
et de la connaissance
Ils se tendent les mains
explosent en mille flammes
L'un et l'autre
l'un en l'autre
dans la mère première
qui produisit la vie

Μόνοι καταμεσής του κόσμου
ως τη συντέλεια του χρόνου

Τη νύχτα θα ξεχάσουμε
Τον ίλιγγο της αναμονής
πριν από την πυρκαγιά
Η λάβα πάει κι έρχεται
κει που διαβαίνει το αίμα
Ο άξονάς σου
Βάση μου Πύλη
στο Πέρασμα
Απόλυτη σιωπή
Αφού πια δεν ακούγεται το ελάχιστο
πάρεξ των αστεριών το άσμα ...

Ποιος τ' όνομά μου σου 'δωσε ;
Πούθ' έρχονται οι απόηχοι ;
Άκου τον άνεμο που κλωθοφέρνει
Ας πραΰνουμε τον πόνο
και την πληγή ας κλείσουμε ...

Μα πάλι την κυριεύει δίψα
Οι μορφές ανελίσσονται
Όλα κινούνται κι όλα συσφίγγονται
Όλα γίνονται φως ξανά
Όλα ξανά διογκώνονται
Οι λέξεις αναβλύζουν από μέσα τους

Seuls au milieu du monde
jusqu'à la fin des temps

Nous oublierons la nuit
Vertige de l'attente
avant l'embrasement
La lave monte et descend
suit le parcours du sang
Ton axe
Mon assise
La Porte du Passage
le silence absolu
Car on n'entend plus rien
hors du chant des étoiles...

Qui t'a donné mon nom?
D'où viennent les échos?
Ecoute le vent tourne
Fermons la cicatrice
Apaisons la douleur...

Mais la soif la reprend
les formes se déploient
Tout se meut tout s'étreint
tout redevient lumière
tout foisonne à nouveau
Les mots jaillissent d'eux

Τότε εκείνος της διηγείται ...
Για την Αργώ, για το μακρύ ταξίδι
για το ιστίο στον άνεμο αντίκρυ
για τη λαχτάρα της περιπέτειας

Εκείνη του λέει για την πηγή
το πρώτο χάρισμα καρπού
το δώρο της Κίρκης

Παίζουν κι οι δυο με τους χρησμούς
Παίζουν με τις κατάρες ...

Ναι, βοηθάει τον Ιάσονα
μα θα προδώσει το πατέρα της
ξεσχίζεται η καρδιά της
κι ο ουρανός δεν αποκρίνεται

Του δίνει μαγική αλοιφή
Μ' αυτή, του λέει, καλύψου
τα όπλα σου πασάλειψε
ν'αντισταθείς στους ταύρους
όπως στα κύματα ο βράχος
Όταν οι αρματωμένοι άνδρες
θα γεννηθούν απ' το δράκοντα
λιθάρι πέτα ανάμεσά τους
τότε θα πολεμήσουν
ο ένας τον άλλο

Alors, il lui raconte…
L'Argo, le grand voyage
la voile offerte au vent
le goût de l'aventure

Elle lui dit la source
le premier fruit offert
le cadeau de Circé

Ils se jouent des oracles
et des malédictions…

Oui elle aide Jason
mais va trahir son père
Son cœur est déchiré
Le ciel ne répond pas

Elle lui tend l'onguent
Il faut t'en recouvrir
en enduire tes armes
résister aux taureaux
comme un rocher aux vagues
Quand les hommes en armures
surgiront du dragon
lance une pierre au milieu
ils se battront alors
les uns contre les autres

Ο Ιάσονας στο πλοίο του γυρνά
σαν όρνιο αγριεμένος
Κι η Μήδεια στην κάμαρά της
με διάπυρη την κεφαλή και την καρδιά βαριά

Την άλλη μέρα το πρωί
μπροστά σε Αιήτη και λαό
ο Ιάσονας μετριέται με τον κίνδυνο
ακολουθεί τις συμβουλές της μάγισσας
ρίχνει το λίθο και νικά

Οργίζεται ο Αιήτης
Αναμασά καινούριες προδοσίες
για τους ήρωές μας
Το ολόχρυσο τομάρι ποτέ δε θα το πάρουν

Κι η Μήδεια απ' τη μεριά της
πελαγωμένη από έρωτα
με τον Ιάσονα θέλει ν' αποδράσει

Βλέμμα φερμένο απ' αλλού
μεταλλικό, ζωώδες
σύμφυρτο με φωτιά κι αέρα
φθέγγεται με τη σιωπή
Στα γόνατα ικετεύει εκείνη
κι αυτός την φιλεί σηκώνοντάς την

Jason s'en retourne au navire
excité comme un vautour
Médée s'en retourne à sa chambre
la tête en feu le cœur lourd

Le lendemain matin
devant Aeétès et son peuple
Jason affronte le péril
suit les conseils magiques
jette la pierre et gagne

Aeétès est furieux
Il rumine d'autres forfaitures
à l'encontre de nos héros
Jamais ils n'auront la Toison

De son côté Médée
égarée par l'amour
veut fuir avec Jason

Regard venu d'ailleurs
minéral animal
brouillé d'air et de feu
qui parle en se taisant
Elle supplie à genoux
Il la lève et l'embrasse

Εκείνη οδηγεί τους άνδρες
στο Δέρας το χρυσόμαλλο
Το δράκο αποκοιμίζει
με άσμα μαγικό

Τώρα πρέπει όλοι τους
Να φύγουν για το πλοίο
Καθώς η ροδοδάχτυλη αυγή προβάλλει
Οι άνδρες οι πιο εύρωστοι
παίρνουν στα χέρια τα κουπιά

Τρέχει ο Αιήτης το κατόπι τους
κι όλη η στρατιά μαζί του
Υψώνει η Μήδεια το χέρι ...
Μια καταχνιά πυκνή
στήνει παγίδα στους διώκτες

Η Αργώ τον ποταμό διαπλέει
Στη θάλασσα ανοίγεται
Κι έτσι η Μήδεια γλυτώνει
τη μάνητα του Αιήτη
αφήνει την Κολχίδα
κι εγκαταλείπει τους δικούς της

Υψώνουν οι άνδρες τα πανιά
και κατά την Ελλάδα αρμενίζουν
Η εντολή εκτελέστηκε
Το Δέρας είναι ελληνικό
και το 'χασε η Κολχίδα

Elle guide les hommes
près de la Toison d'or
Elle endort le dragon
d'une chanson magique

Il faut fuir à présent
Tout le monde au navire
dans l'aube aux doigts de rose
et les plus vigoureux
prennent les avirons

Aeétès les poursuit
avec lui son armée
Médée lève le bras...
Un consistant brouillard
englue les poursuivants

L'Argo descend le fleuve
et parvient à la mer
Ainsi Médée échappe
à la colère du père
abandonne la Colchide
abandonne les siens

Les hommes hissent les voiles
et cinglent vers la Grèce
L'ordre est exécuté
la Toison d'or est grecque
la Colchide démunie

Η Μήδεια είν' αιχμάλωτη
του επάρατου έρωτά της
Δεν βλέπει άλλο απ' τον Ιάσονα
που λάμπει μες στον ήλιο
Κι οι αχτίνες του
τη φύση της ταράσσουν
Όλα πεθαίνουν, όλα σβήνουν
Την ίδια ώρα που όλα ανάβουν
Και πλαταγίζει στον αέρα το πανί
το ίδιο και στη μνήμη της
και μέσα της αντανακλά
τα δάκρυα της μάνας της
και του πατέρα τις κραυγές ...

Η γη που απομακρύνεται
μένει στο βάθος σιωπηλή
Απόκαμε η μαγεία της
στου Ιάσονα τη σκιά

Όλοι οι ήρωες είναι εδώ
Κάστωρ και Πολυδεύκης,
Ορφέας, Τίφυς, Άργος και Πηλέας
κι άλλοι πολλοί ακόμα
Η Μήδεια
παγιδευμένη από την Αφροδίτη
δεν έχει μάτια πάρεξ για τον Ιάσονα
που λάμπει σαν Απόλλωνας
Και το καράβι η Αργώ γλιστράει στα νερά ...

Médée est prisonnière
de son amour maudit
Elle ne voit que Jason
qui brille dans le soleil
éprouve les rayons
qu'il envoie dans son ventre
Tout se meurt tout s'éteint
s'allume en même temps
La voile qui claque au vent
claque dans sa mémoire
et répercute en elle
et les pleurs de sa mère
et les cris de son père...

La terre qui s'éloigne
reste muette au loin
Sa magie s'est éteinte
dans l'ombre de Jason

Tous les héros sont là
Castor, Pollux, Orphée,
Tiphys, Argos, Pélée
et bien d'autres encore
Médée
piégée par Aphrodite
n'a d'yeux que pour Jason
qui brille tel Apollon
Et l'Argo glisse sur les eaux...

Όπως κει κάτω η Αριάδνη
κόβει τον άνεμο κι εκείνη
πάνω στα κύματα έρωτα κάνει
Τη θάλασσα κοιτάζει τα ουράνια
να χάνονται μέσα πάνω στον Ιάσονα
μέσα της πάνω της να ξεχύνονται
Και το κορμί της ένα τόξο
ν' αναπαράγει τον ορίζοντα
Είναι τόσο χαμένη
που η μέρα γίνεται νύχτα
κι η νύχτα γίνεται μέρα ...

Πλησιάζει μια στεριά
Είναι του Μίνωα η Κρήτη
της Αριάδνης και του Μινώταυρου
Αχ πάγκακο προμάντεμα !
Εδώ αγρυπνεί ο Τάλως
της χάλκινης γενιάς
Να τον προβάλλει
κρατώντας βράχο τεράστιο
που θε' να τους συντρίψει ...
Οι Αργοναύτες εκλιπαρούν
κι η Μήδεια γονυκλινής
παρακαλεί τους σκύλους του Άδη ...
Ο άνδρας ο χαλκός τείνει τα μούσκουλα
ορθός σαν την εκδίκηση
το βράχο ανασηκώνει ...

Comme Ariane là-bas
elle coupe le vent
elle aime sur les flots
voit la mer et le ciel
s'engouffrer en Jason
se déverser en elle
et son corps comme un arc
reproduit l'horizon
Elle est si égarée
que le jour devient nuit
que la nuit devient jour...

Une terre s'approche
c'est la Crète de Minos
d'Ariane du Minotaure
O funeste présage !
Ici veille Talos
de la race d'airain
Le voilà qui surgit
tenant un roc immense
qui va les écraser...
Les Argonautes implorent
et Médée à genoux
prie les chiens de Hadès...
L'homme airain tend ses muscles
dressé tel la vengeance
soulève le rocher...

Μια φλέβα του ανοίξει
στα χάλκινα σφυρά
Ο Τάλως καταρρέει κι αποθνήσκει

Η κρητική ακτή είναι ελεύθερη
Οι ήρωες ξεκουράζονται
πίνουν νερό απ' τις πηγές της
κρασί απ' τους αμφορείς της
και γεύονται κατσίκι

Είναι ο νόστος στην Ελλάδα
Εκεί κι οι Αργοναύτες
με το Χρυσόμαλλο το Δέρας !
Όλοι αισθάνονται ευτυχείς
και αποχαιρετιούνται ...

Ο Ιάσονας κι η Μήδεια
φτάνουν στην Ιωλκό
να παραδώσουν στον Πελία
το θείο του Ιάσονα, το Δέρας
Εκεί ο Ιάσονας μαθαίνει το φοβερό το νέο
Έστειλε ο θείος τον πατέρα στη θανή
κι η μάνα του κρεμάστηκε από θλίψη

Ο Ιάσονας μιλά στη Μήδεια
Ύστερα από τη μαγική αλοιφή
τους φλογερούς τους ταύρους
το δράκοντα του Κάδμου
τους οπλισμένους άνδρες

Une veine se rompt
à la cheville d'airain
Talos s'effondre et meurt

La rive crétoise est libre
Les héros s'y reposent
boivent l'eau de ses sources
le vin de ses amphores
et mangent de la chèvre

C'est le retour en Grèce
Les Argonautes sont là
avec la Toison d'or !
Tout le monde est heureux
et l'on se dit adieu...

Jason avec Médée
s'en retourne à Iolcos
remettre la Toison
à son oncle Pélias
Il apprend l'horrible nouvelle
Pélias a fait mourir son père
sa mère s'est pendue de chagrin

Jason dit à Médée
Après l'onguent magique
et les taureaux de flammes
le dragon de Cadmos
les hommes en armures

το σφυρό του Τάλω
για μένα εκδικήσου τον Πελία

Κι η Μήδεια συμφωνεί γοητευμένη
Πείθει τις κόρες του Πελία
πως δίνει τη ζωή
ξανά στους γέρους
Παίρνει κριάρι γέρικο, το κομματιάζει
και τα κομμάτια ρίχνει σε καζάνι
με νερό βραστό
Ύστερα λέει τα μαγικά της
και ένα νιόβγαλτο αρνί προβάλλει ...
Οι κόρες θαμπωμένες
Πάνε και σφάζουν το γονιό τους
Τον κόβουν κομματάκια
Κι αυτά τα ρίχνουν στο καζάνι
Ύστερα στρέφουται στη Μήδεια...
Μ' αυτή έχει πια χαθεί

Έτσι αφανίστηκε ο Πελίας
από το χέρι των κορών του
Κι ο Ιάσονας πήρε εκδίκηση

Φεύγουν κι οι δυο στην Κόρινθο
Και ο καιρός περνά μέσα στην ευτυχία
Η Μήδεια συλλαμβάνει δυο φορές
μοιάζει να 'χει ξεχάσει τους δικούς της
την πάτρια Κολχίδα
την γη την τόσο άγρια

la cheville de Talos
venge-moi de Pélias

Médée sous le charme consent
Elle assure aux filles de Pélias
qu'elle peut redonner
la jeunesse aux vieillards
dépèce un vieux bélier
en jette les morceaux
dans l'eau d'une chaudière
récite une formule
un jeune agneau en sort ...
Emerveillées les filles
vont égorger leur père
le découpent en morceaux
qu'elles lancent dans la chaudière
se tournent vers Médée...
Mais elle a disparu

Ainsi Pélias est mort
de la main de ses filles
et Jason est vengé

Tous deux fuient à Corinthe
Le temps s'écoule heureux
Médée deux fois enceinte
semble oublier les siens
la Colchide sa patrie
la terre si sauvage

τα έθη των προγόνων
Η διαφυγή
οι προδοσίες της
πια δεν την βασανίζουν
Την κυριεύει ο έρωτας
και αφωσιώνεται στον Ιάσονα
και στα βλαστάρια τους τα δυο
Τιμά την Κόρινθο
τους ναούς και το παλάτι της
την αγορά τους έμπορους
Νιώθει ελεύθερη εδώ ...

Οι ποιητές ανιστορούν
τι πέτυχαν οι Αστροναύτες
και εξυμνούν τα ευεργετήματα
που τους πρόσφερε η Μήδεια

Τα δυο παιδιά που μεγαλώνουν
γίνονται ωραία και φρόνιμα
Εκείνη τους μαθαίνει πως ονομάζουν
τα πουλιά πώς λένε όλα τα δέντρα
και τι καλό έχουν τα φυτά

Αρώματα επινοεί
μπαχάρια κι έλαια αρωματικά
Τους λέει ιστορίες
από τη μακρινή της χώρα
Τα νανουρίζει με άσματα δικά της
θωπεύει τον τρυφερό λαιμό τους

les rites ancestraux
Son abandon
ses trahisons
ne la torturent plus
Possédée par l'amour
elle se voue à Jason
et à leurs deux enfants
Elle apprécie Corinthe
ses temples son palais
l'agora les marchands
Elle se sent libre ici...

Les poètes racontent
l'exploit des Argonautes
et chantent les bienfaits
que Médée leur apporte

Ses enfants qui grandissent
deviennent beaux et sages
Elle leur apprend le nom
des oiseaux et des arbres
et les vertus des plantes

Elle compose les parfums
les épices les essences
raconte des histoires
de son lointain pays
les endort de ses chants
caresse leur tendre cou

Ανακατεύει λάδι και λεμόνι
για ν' αναδείξει τα μαλλιά τους
Όταν η ζέστη είναι πυκνή
ζητά από τον Αίολο
μιαν αύρα να φυσήξει
Είναι φορές με τέτοια ζέστη
που τα τζιτζίκια ασθμαίνουν
Τότε κι ο χρόνος απλώνεται
σε γλάρωμα μακρύ, μεσημεριάτικο
και τα κορμιά στη χαύνωση...

Κι ύστερα μια γαλάζια μέρα
έπεσε ο κεραυνός
Ο Ιάσονας ο ωραίος Ιάσονας
που όλα του τα 'χε δώσει
έρωτα, μαγικά
ψυχή και δυο παιδιά
θέλει γυναίκα του τη Γλαύκη
του Κρέοντα την κόρη
του βασιλιά στην Κόρινθο
Προδίνει ο Ιάσονας τη Μήδεια
Προδίνει την Κολχίδα και το Δέρας
Ο Ιάσονας ο μέγας ήρωας
γίνεται άνδρας άπληστος
τόσο μικροπρεπής όσο ήταν πριν σπουδαίος
τον όρκο στη γυναίκα του πατώντας
και στα παιδιά του τα ίδια
Στην εξορία θέλει να τους στείλει !

mélange huile et citron
pour mousser leurs cheveux
Quand la chaleur est dense
elle demande à Eole
de souffler une brise
Parfois il fait si chaud
les cigales s'essoufflent
Le temps s'étire alors
en une longue sieste
où les corps s'alanguissent...

Puis un jour de ciel bleu
un grand coup de tonnerre
Jason le beau Jason
à qui elle donna tout
son amour sa magie
son âme et deux enfants
veut épouser Glaucé
fille de Créon
roi de Corinthe
Jason trahit Médée
la Colchide la Toison
Jason le grand héros
devient un homme cupide
aussi bas qu'il fut grand
trahissant et sa femme
et ses propres enfants
Il veut les exiler !

Των αδύτων η ζωή
Οι κραυγές του χάσματος
που ξεσχίζουν τη μητέρα
Το αίμα των θηλυκών
χύθηκε άπειρες φορές
γι' αυτή την ανθρωπότητα
από τα πρώτα έμμηνα
ως το στερνό αγκάλιασμα ...

Γυναίκα αναγκασμένη τόσο συχνά
μπροστά στο υψωμένο καυλί
και η άγρια δύναμή
τα σπλάχνα της αναμοχλεύει...

Κι ο Θάνατος με τη σειρά του
ξεδιψά με την αγριότητα
μουγκρίζει, ξεφυσά συστρέφεται
σπέρνει τ' αυλάκια
με το αίμα των θυμάτων του
Ορθώνεται στο βάθος
απλώνει τα πλατιά φτερά του
πάνω στον αποκοιμισμένο κόσμο
Στήνει καρτέρι στου δρόμου την άκρη
κλώθοντας των προβάτων το μαλλί
και μετρώντας τις μέρες
πάνω στον ξύλινο ροδάνι του
Κόβει το νήμα
με τ' ασημένιο του ψαλίδι
και πέφτει η ζωή στου πηγαδιού το βάθος

La vie des profondeurs
Les cris de l'ouverture
qui déchire la mère
Le sang des femmes
fut tant de fois versé
pour notre humanité
des premières menstrues
à la dernière étreinte...

Femme souvent forcée
sous le sexe dressé
et la force sauvage
lui fouille les entrailles...

La Mort à son tour boit
à la sauvagerie
rugit s'ébroue se tord
ensemence les sillons
du sang de ses victimes
Elle se dresse au loin
étend ses vastes ailes
sur les hommes endormis
Elle attend au bord de la route
filant la laine des moutons
et mesurant les jours
sur son rouet de bois
Elle coupe le fil
de ses ciseaux d'argent
et la vie tombe au fond du puits

Η Περσεφόνη τον προσμένει
πλάι στον Πλούτωνα

Ο άνδρας το κεντρί του βυθίζει
κι ύστερα αποσύρεται
αφήνοντας πίσω του
γυναίκα ρημαγμένη
κατάρα βαραίνει το παιδί
Μόνη απομένει η γυναίκα
Το αίμα της πια δεν κυλά
Θα διωχθεί

Την απαντήσατε ζητιάνα
στις ρύμες και τις αγυιές
να σέρνει τα κουρέλια της
μ' ένα παιδί στην αγκαλιά
απλώνοντας συνέχεια το χέρι
παλαβωμένη κι εξευτελισμένη
την προδοσία κουβαλώντας
πληγή στα σωθικά της
πάνω στο βάρος της ζωής της
ζωντανή Καρυάτιδα
που υποβαστάζει τον ήλιο
με τα πόδια μες στη σκόνη
το βλέμμα ανάστατο
Την απαντήσατε το βράδυ
έξω από μία τρώγλη
αιχμάλωτη σχεδόν του ύπνου

Perséphone l'attend
au côté de Pluton

L'homme enfonce son dard
et puis il se retire
en laissant derrière lui
la femme déchirée
l'enfant déjà maudit
La femme reste seule
son sang ne coule plus
Elle sera chassée

Vous l'avez rencontrée
mendiant le long des rues
en traînant ses savates
un enfant dans les bras
la main toujours tendue
hébétée humiliée
portant la trahison
la plaie de ses entrailles
sur le poids de sa vie
Cariatide vivante
qui soutient le soleil
les pieds dans la poussière
le regard renversé
Vous l'avez rencontrée le soir
à la sortie d'un bouge
à moitié endormie

μα με το χέρι ακόμα απλωμένο
το τέκνο της χωμένο κάτω απ' τα ρούχα
Ξημέρωμα
την απαντήσατε
με το παιδί στην πλάτη
Το χέρι σας απλώνει
το βλέμμα της σε προσφορά
Της ρίχνετε ένα νόμισμα
όπως πετούν το κόκαλο στο σκύλο
Αν όμως ρίχνετε ένα βλέμμα
στο σκύλο που μασά το κόκαλό του
ούτε που αξιώνετε ματιά
στην άμοιρη γυναίκα που σκύβει
και τον οβολό μαζεύει
Διάφανη απομένει
Σκόνη μέσα στη σκόνη
Η λίγδα της σας αηδιάζει
κι όμως είναι δικιά σας
και το παιδί δικό σας
το ίδιο κι η απελπισιά της
Και η ντροπή που ανεβαίνει
είναι ντροπή δική σας ...

Βρέφη πολλά επιπλέουν
στη χώρα των νεκρών
Βρέφη πολλά και νεκροζώντανα
που έχασαν τη ζωή μόλις γεννήθηκαν

la main encore tendue
son enfant sous ses jupes
Vous l'avez rencontrée
au lever du soleil
son enfant sur le dos
elle vous tend la main
et vous offre ses yeux
Vous jetez une pièce
comme un os à un chien
mais si vous observez
le chien ronger son os
vous ne regardez pas
la femme qui se penche
et ramasse la pièce
Elle reste transparente
poussière dans la poussière
Sa crasse vous dégoûte
et pourtant c'est la vôtre
Son enfant c'est le vôtre
son désespoir aussi
et la honte qui monte
est la honte de vous-même…

Tant de bébés surnagent
au royaume des morts
Tant d'enfants sont mort-nés
tués à peine nés

που βρέθηκαν στον κόσμο δίχως αγάπη
Βρέφη πολλά που έζησαν σαν βάρος
χτυπημένα και μες στην επιτίμηση
Βρέφη ακρωτηριασμένα
για να επαιτούν πιο εύκολα
και μαθημένα στην κλεψιά
στο μίσος για τους άλλους
αυτούς που τα αγνόησαν ...

Μια γυναίκα με παιδιά
χωρίς άντρα και στήριγμα
δεν θα μπορούσε να ελπίζει
βοήθεια και προστασία
Άθλια είναι η ζωή τους
Πώς να προσφέρουν ψωμί
νερό και αγάπη
όταν τις έχουν απορρίψει ;
Πώς να επιβιώσουν
στην καταφρόνια και την εξορία ;

Στης Μήδειας το βλέμμα
προβάλλεται αντίστροφα
Η πορεία της γης
Καταπίνει την καρδιά της
που βοά από ερπετά
Γοργόνα που θα σκότωνε
τον εραστή της με το βλέμμα

mis au monde sans amour
Tant d'enfants ont vécu
portés comme un fardeau
battus réprimandés
mutilés pour mendier
et dressés à voler
à détester les hommes
qui les ont ignorés...

Sans mari sans appui
une femme avec enfants
ne pourrait espérer
aide ni protection
Leur vie est misérable
Comment donner du pain
de l'eau et de l'amour
quand on est rejetée ?
Comment peut-on survivre
au mépris à l'exil ?

Dans les yeux de Médée
la course de la terre
se projette à l'envers
Elle avale son cœur
qui bruisse de serpents
Gorgone elle tuerait
son amant du regard

Διαλέγει ρούχο
πολύτιμο
και το βουτά
σε δηλητήρια υγρά
στη Γλαύκη το δωρίζει

Ανύποπτη η νέα μνηστή
φορά το υπέροχο ένδυμα ...
Όμως το ύφασμα την καίει
Ουρλιάζει και συστρέφεται
κι αποπειράται να το βγάλε
Διασχίζει το ανάκτορο
και σβήνει στα πόδια του πατέρα
και του Ιάσονα που πρόστρεξαν ...

Σκυφτοί πάνω απ' το πτώμα
βλέπουν το μέλλον τους
Τα φίδια να τους ζώνουν
και τα σκουλήκια εκεί, για πάντα
Όλο το παλάτι καταρρέει
λαμπαδιασμένο γίνεται στάχτη
Χίλιες φωνές διασταυρώνονται
Υψώνονται κραυγάζοντας
και η κοιλιά πρησμένη
Εκρήγνυται κάτω απ' τους θρήνους

Ο Ιάσων την απόδιωξε
Δίχως αυτόν είναι ένα τίποτα πια

Elle choisit une robe
en tissu ouvragé
la trempe dans un bain
de sucs empoisonnés
et la fait porter à Glaucé

La fiancée sans méfiance
revêt cette merveille...
Mais le tissu la brûle
Elle hurle se tord
tente de l'arracher
traverse le palais
meurt aux pieds de son père
de Jason accourus...

Penchés sur le cadavre
ils voient leur avenir
La vermine déjà
Les serpents à jamais
Tout le palais s'écroule
flambe et retombe en cendres
Mille cris s'entrecroisent
s'élèvent en croassant
Le ventre enflé éclate
sous les lamentations

Jason l'a répudiée
Sans lui elle n'est plus rien

και τα παιδιά της δίχως μέλλον
χωρίς μια στέγη, δίχως πίστη δίχως νόμο

Τα σφίγγει πάνω της
μ' όλη τη δύναμή της
με όλη την καρδιά της
και μ' όλη την οργή της
Δεν θα υποφέρουν
την καταφρόνια του πατέρα τους
Πάνε με τους αγγέλους να βρεθούν ...

Τρελός από τον πόνο ο Ιάσων
τρέχει να βρει τη Μήδεια ...
Κι ανακαλύπτει το χειρότερο
Τα δυο παιδιά του κείτονται νεκρά
από της μάνας τους το χέρι
Τραβά σπαθί ...

Η Μήδεια είναι ψηλά κι όλο γελά
πάνω σε άρμα πύρινο
που σέρνουν άτια φτερωτά
δώρο του Απόλλωνα συμμάχου της

Γέλιο παραφροσύνης την τραντάζει
Κι ο Ιάσων εκεί κάτω μικρός
σαν άψυχο ομοίωμα ανθρώπου ...

Σ' εκείνη δίνονται τα ύψη
και του ηλίου οι φλόγες

ses enfants sans avenir
sans toit sans foi ni loi

Elle les serre contre elle
de toute sa force
de tout son cœur
de toute sa rage
Ils ne souffriront pas
l'abandon de leur père
Ils rejoignent les anges...

Jason fou de douleur
court auprès de Médée...
Il découvre le pire
Ses deux enfants sont morts
de la main de leur mère
Il tire son épée...

Médée tout là-haut rit
sur un char flamboyant
tiré par des chevaux ailés
cadeau d'Apollon son allié

Un fou rire la secoue
Jason en bas petit
comme un pantin sans vie...

A elle les hauteurs
les flammes du soleil

η αχλύ που στεφανώνει
κάποια κομμάτια της πεδιάδας
λευκότητα πασπαλισμένη με χρυσό
Πάνω απ' τα νέφη
άνθρωποι δεν υπάρχουν πια
Ρόδινος ο ορίζοντας
σημαίνει το σβήσιμο της μέρας
χαλί καμωμένο από κρίκους φωτός
τοπίο ηλιακό
διαφάνεια του ουρανού
όλα με σμαραγδί φεστόνι
κι άφατο γαλανό
Η μέρα πάει στη χάση της
κι η γη σκοτεινιάζει

Θα κρατήσω εντός μου
τη μνήμη των θεών
το όνομα της καταγωγής
τη γήινη μνήμη
που μ' είδε να γεννιέμαι
και θα παρασταθεί στο θάνατό μου
κάτω από νέφη σκιερά

Θα 'μαι ένα κομμάτι
του θαμμένου κόσμου
σπίθα συνείδησης
μέσα στο άπειρο λησμονιά μηδέν

la brume auréolant
quelques lambeaux de plaine
blancheur saupoudrée d'or
Au-dessus des nuées
il n'y a plus d'humains
Le rose à l'horizon
pour dire la fin du jour
tapis de mailles claires
paysage solaire
transparence du ciel
liserés de saphir
et d'azur ineffable
Le jour va disparaître
de la terre assombrie

Je veux garder en moi
la mémoire des dieux
le nom de l'origine
le souvenir terrestre
qui a vu ma naissance
et veillera ma mort
à l'ombre des nuages

Je serai une part
du monde enseveli
paillette de conscience
dans l'infini néant

Κομήτης θα γενώ
ατμόσφαιρα ζωής
ύστατη της μέρας λάμψη
που δεν στέργει να σβήσει

Η θάλασσα είναι σταχτιά
και σκοτεινές οι ακτές
Στο βάθος ξεχωρίζω τη γη
που μοιάζει με θάλασσα

Υπήρξα είμαι και θα είμαι
Ω, Μήδεια, σου λέω έχε γεια.

Θάσος και Σαμοθράκη, 1997 – 2000

Je deviendrai comète
atmosphère de vie
ultime éclat du jour
qui ne veut pas mourir

La mer est grise
et les côtes sont noires
Je vois au loin la terre
qui ressemble à la mer

Je fus je suis et je serai
O Médée je te dis adieu

Thasos et Samothrace, 1997 – 2000

Postface

Les versions du mythe de Médée sont multiples et divergentes. Elles accroissent ou diminuent la culpabilité de la magicienne, en lui attribuant ou non les crimes qui sont restés attachés à sa réputation: la trahison de sa famille en Colchide, lorsque Médée aide les Argonautes à ravir la Toison d'or au détriment de son propre père; son fratricide, lorsqu'elle tue son jeune frère pour favoriser la fuite des conquérants grecs; l'assassinat indirect de l'imposteur, Pélias, qui occupe le trône d'Iolcos devant revenir à Jason; l'assassinat de sa rivale, pour laquelle Jason l'abandonne; enfin et surtout, son double infanticide, lorsque répudiée, condamnée à un nouvel exil, elle poignarde ses enfants chez Euripide, ou encore, chez Sénèque, les égorge sous les yeux de son époux infidèle. Ce sont ces auteurs tragiques qui ont fait de Médée une héroïne implacable, une étrangère marquée au coin de la barbarie de sa terre natale — bien que certains passages, surtout chez Euripide, prennent également la défense des femmes.

Ce personnage redoutable a suscité l'intérêt de nombreuses femmes écrivains, en particulier à l'ère contemporaine des questionnements féministes. Le mythe

de Médée est certainement l'un des plus difficiles à aborder si l'on cherche à réhabiliter l'héroïne, puisqu'il concentre la manipulation calculatrice, la jalousie meurtrière, la folie passionnelle, tous vices imputés par la tradition mythographique à une essence féminine. Dans l'histoire de Médée se joue aussi la crainte d'un pouvoir obscur et maléfique des charmes féminins, d'une puissance captatrice de la sexualité. La princesse de Colchide transgresse l'ordre patriarcal: «Tu as la malignité d'une femme / Et toutes leurs audaces. / Tu as la force d'un homme / Sans honneur et sans mémoire», dit le Créon de Sénèque, roi de Corinthe, qui justifie ainsi sa proscription de l'héroïne.

Le plus souvent, les romancières ou les poétesses réhabilitent Médée en atténuant ses crimes : Christa Wolf remonte à des sources antérieures à Euripide pour libérer la magicienne de l'acte d'infanticide, montrant ainsi que les versions historiques du mythe se sont sédimentées en aggravant et en stigmatisant la rébellion féminine. Sylvia Plath transforme la narration mythique en renversant l'infanticide en suicide sacrificiel de la femme abandonnée. Plus généralement, la violence monstrueuse de l'infanticide est réinterprétée comme une allégorie de la violence faite aux femmes.

Huguette Junod n'efface pas les crimes de Médée, à la différence de ces relectures. Certes, le prologue narratif de sa Médée ne mentionne pas le fratricide, mais il n'évite pas l'horreur tragique de l'infanticide. L'auteure se réapproprie la légende d'une autre manière, en soulignant les contraintes

sociales d'une civilisation patriarcale, en jetant un éclairage concret sur l'impasse bien réelle dans laquelle pouvait se trouver une mère de famille répudiée.

A cet avant-propos pragmatique et réaliste succède un poème remarquable, teinté de réminiscences épiques et tragiques par certaines de ses tournures, par ses périphrases, par son souffle musical. Dans cette suite de vers, souvent de six syllabes, affleure une trace du grand alexandrin, ou de l'hexamètre antique, mètres à la fois scindés et ranimés par un lyrisme contemporain. Cette Médée, par-delà sa dimension narrative, est également poétique en privilégiant l'arrêt sur image, la pose statique, pour immobiliser l'action dramatique, pour l'éterniser en faisant résonner dans un même geste les différentes séquences de la fable (le sacrifice rituel, la sorcellerie érotique, l'exécution des enfants innocents): «Médée lève le bras...». Dans cette intemporalité d'un instant suspendu se manifeste toute l'ambiguïté du personnage antique, oscillant entre le savoir féminin des «faits de la nature» et les obscurs maléfices de la sauvagerie. L'évocation lyrique s'approfondit encore du souvenir des nombreux tableaux qui ont immortalisé la princesse au moment de son crime le plus terrible.

L'auteure aborde donc le mythe avec la distance observatrice des modernes face à la longue réception des légendes héroïques. Mais derrière cette Médée représentée à la troisième personne, surgit rapidement une autre Médée à la première personne, une Médée qui, elle, suscite un rapprochement, une identification, une reconnaissance de ce qu'il y a d'indépassable dans l'expérience féminine. C'est

surtout dans le discours de la passion qu'opère ce jeu de la distance et de la proximité. Il s'agit d'invoquer l'aliénation amoureuse qui s'est emparée de Médée, la dépendance amoureuse qui a perverti ses pouvoirs. Peut-être est-ce aussi, plus simplement, la puissance de l'extase charnelle que décrit le poème, en présentant l'amour non plus sous le seul jour de la fureur ou de la douleur tragiques, mais comme une expérience qui rend ses droits au plaisir féminin. L'épreuve de la répudiation condamne l'exilée à la chasteté, tandis que l'époux, lui, n'a pas à réprimer son désir, même s'il contrevient aux serments du mariage.

Huguette Junod revalorise Médée en redéfinissant ses pouvoirs magiques, non plus comme «l'artisanat du mal», selon Euripide, mais comme une expertise propre au vécu féminin, un savoir concret de mère, d'épouse, d'amante. Elle innove surtout dans la séquence de l'infanticide: certes, l'atrocité du meurtre n'est pas éludée, mais elle est aussitôt réinterprétée comme une allégorie de l'exclusion sociale. L'auteure prend directement à partie le lecteur contemporain, en superposant à l'image antique de Médée des situations familières de détresse et de précarité, de maltraitance familiale, de négligence à l'encontre des enfants, qui sont les corollaires de la violence sociale.

Enfin, la conclusion du poème transforme également le mythe. Elle rappelle qu'en définitive, Médée apparaît triomphante dans toutes les versions fabuleuses, échappant au châtiment de Jason. Elle regagne d'une certaine manière sa légitimité, son intégrité de princesse caucasienne. L'auteure intériorise le personnage antique, en renversant du négatif au

positif ce symbole de la condition féminine. Chez les anciens tragiques, l'héroïne s'envole sur un char divin qui consacre son inhumanité. Huguette Junod humanise au contraire sa fin, qu'elle traite comme une capacité de métamorphose, comme un pouvoir de se redéfinir et de se réidentifier, qui signent la liberté du personnage féminin, quelles que soient les vicissitudes qui ont jalonné son parcours.

Dominique Kunz Westerhoff

Ce texte constitue le discours remanié de la laudatio du Prix de poésie de la Société genevoise des écrivains (2008)

De la même auteure

Abreuvoir, poèmes, Ed. Pajouvertes, Genève, 1975 (épuisé).

Contes et Nouvelles d'auteurs suisses romands, anthologie (en collaboration avec Marthe Monnet-Délez), Cycle d'orientation de Genève, 1976-1980.

Nos dix-huit Saisons, poèmes, Ed. du Panorama, Bienne, 1982 (épuisé).

Il a suffi d'une Eau, poèmes, Ed. Saint-Germain-des-Prés, Paris, 1985 (épuisé).

1985, Une autre Réponse, événements et poèmes, Ed. Eliane Vernay, Genève, 1986.

Ceci n'est pas un Livre, récit écrit pendant le marathon d'écriture d'Avignon 1984, Prix de la Société genevoise des écrivains 1986 offert par la Ville de Genève, Ed. des Sables, coll. «Sablier», Genève, 1987.

Petites Annonces pour Grand Amour, récit, Ed. des Sables, coll. «Sablier», Genève, 1988 (réédité en 1991).

Le Retour de Perséphone, poème de 1001 vers, version bilingue français/grec (trad. Errikos Hadjanestis), Ed. des Sables, Genève / Daedalus, Athènes, coll. «Rose des sables», 1989.

Les Aspirations d'un Aspirateur, nouvelles, Ed. des Sables, coll. «Château de sable», Genève, 1990.

Asters et Zébrures, souvenirs par ordre alphabétique, petites chroniques des années 50-60, suivi d'un «petit traité de méthodologie» pour faire écrire adultes et enfants, Ed. des Sables, coll. «Sablier», Genève, 1991.

Nue, poème sur la création, la naissance, la vie, la mort, illustré par

18 dessins à l'encre de Chine de Jean Brulhart, papier guardapat, Ed. des Sables, coll. «Rose des sables», Genève, 1992.

Quand la terre sera blanche, poèmes, version bilingue français/grec, (trad. Errikos Hadjanestis), Ed. des Sables, Genève / Daedalus, Athènes, coll. «Rose des sables», 1994.

De l'idéologie sexiste des manuels scolaires à une éducation égalitaire, analyse de quelques manuels de lecture, de grammaire françaises et de méthodes d'allemand utilisés à Genève depuis la fin du XIXe siècle à nos jours, Travail de diplôme 3e Cycle «Etudes genre», SES, Université de Genève, 1998 (consultable sur le site http://www2.unil.ch/liege/Egalens/docs-Egalens/Manuels_huguette_junod.pdf).

Si les femmes nous étaient contées..., guide méthodologique destiné aux profs du post-obligatoire afin d'intégrer des femmes dans leur enseignement, 7 documents, 700 pages, Ressources et développement, DIP, Genève, 2005 (consultable sur le site: http://wwwedu.ge.ch/po/resde/realisa/travaux/francais/frand5.html).

Les jolis ateliers d'écriture, 20 ans d'ateliers d'écriture (présentation, méthodologie, exercices illustrés par 200 textes des participant-e-s, 67 pages de bibliographies), Ed. des Sables, collection «Limon», Genève, 2007.

Ont paru aux éditions Samizdat

Dschember Schamblin
Denise Mützenberg 1992

Voix éparses
Claire Krähenbühl 1995

Fractales & replis
Recuos & fractais
Luiz-Manuel 1995

Le territoire de l'oiseau
Anne Bregani 1996

Office des morts
Uffizi da funaral
Chappaz-Peer 1996

Ni le jour ni l'heure
Denyse Sergy 1997

Le livre des séparations
Anne Bregani 1997

Da capo al fine
Anne-Lise Louca 1998

Le secret du Roi
Denyse Sergy 1999

Un autre accord
Daniel Tschumy 2000

Que dit minuit profond
Gabriel Mützenberg 2000

Chroniques du nord-est
Anne Bregani 2001

Déposition
Mireille Reymond Dollfus 2001

Est-ce la vie qui chante ainsi
Anne Marie Kunzler 2002

La cinquième saison
Anne-Marie Droz 2002

Voyages
Diane Perrot 2002

Fugato
Cl. Kr., Luiz-M. et D.M. 2003

L'écart, suivi de Grâces
Yvan Mudry 2003

Quelque part dans l'inachevé
Jean-Marc Denervaud 2003

Poèmes du seuil
Gabriel Mützenberg 2003

Lettre au couchant
Anne Bregani 2004

Ombre feue
Micheline Dutoit 2004

Si loin si proche l'autre
Anne-Lise Louca 2004

Mémoire éclatée
Gérard Treina 2005

Vous nommerez le jour
Laurence Verrey 2005

Contrappunto
Albeverio-Manzoni, Fusco, Ragni 2005

Le thé, une histoire d'amour
Béatrice Corti-Dalphin 2005

Kelvin, l'enfant fou
Béatrice Corti-Dalphin 2005

Atelier des saisons
Philippe Rebetez 2005

Poèmes de jeunesse
Giorgio Orelli 2006

Le temps des aromates
Denyse Sergy 2006

Tant de présences
Yvan Mudry 2006

Théorie du phare
Luiz-Manuel 2006

Passer outre
Daniel Tschumy 2006

La porte du Nord
Anne Bregani 2007

Coléoptères
Pascal Janovjak 2007

Le bracelet
Diane Perrot 2007

Le chant des pierres et de l'eau
Jany Cotteron 2007

Ecouter la mer
Jean-Marc Denervaud 2007

L'éternité dans l'instant
Remo Fasani 2008

Pourquoi demeurer ici
Gloria-Veronica Koch 2008

A peine un souffle sur l'écorce
Eliane Vernay 2008

atlas
Joël Mützenberg 2008

Si seulement
Julien Burri 2008

La poupée de laine
Frédérique Baud Bachten 2008

Une nuit un jour
Jean-Pierre Vauthey 2008

Sous l'aile des abeilles
Sophie Morandi / Isabelle Chossis 2009

Circonstances
Jean-Noël Cuénod 2009

La ballade du Grillon
Jo Pellet 2009

La maison invisible
André Durussel 2009

Traces
Philippe Rebetez 2009

Pieds-de-biche
Cesare Mongodi 2009

File la laine file le temps
Anne Marie Kunzler 2009

De cet ouvrage il a été tiré
500 exemplaires
sur papier Munken 115 grammes
qui constituent l'édition originale.

Achevé d'imprimer en octobre 2009
sur les presses de
l'Imprimerie Valoffset Sàrl
à Couvet.